BJÖRN
KUHLIGK

AN
EINEM
MORGEN
IM
MÄRZ

Langgedicht

Hanser Berlin

Die Arbeit an diesem Gedicht wurde durch ein Arbeitsstipendium für Berliner Autorinnen und Autoren der Senatsverwaltung für Kultur und Europa gefördert.

1. Auflage 2023

ISBN 978-3-446-27638-3

Umschlag: Anzinger & Rasp, München
Motiv: © Björn Kuhligk
Satz: Sandra Hacke, Dachau
Druck und Bindung: Friedrich Pustet, Regensburg
Printed in Germany

FSC
www.fsc.org
MIX
Papier | Fördert gute Waldnutzung
FSC® C014889

Für Christine

An einem Morgen im März
als die Lerchen aufflogen
die Felder zwischen Grün und Winter standen
als wäre alles, wirklich alles in Ordnung
brach ich den Urlaub ab und
fuhr über eine leere Autobahn
zurück nach Berlin, auf der Höhe
der Schorfheide fotografierte ich die Leere
vor mir und mich selbst im Rückspiegel
mit der Leere hinter mir

In dem Partydorf Ischgl, umrandet
von Gebirgsgruppen, die aussehen
wie Natur, auf 1400 Meter Höhe
eine Performance aus 2020 kopfüber
in den Schnee gesteckten Bierflaschen
und einer aufblasbaren Vagina
prallte ein Verkleideter mit Schnapsfass
gegen ein Ausstellungsmodell von Porsche
die Infektionen schlugen aus, festgefroren trieb
das Forschungsschiff »Polarstern« in der Arktis

Am nächsten Morgen stand ich
aufrecht mit Zahnbürste im Mund
der deutsche Finanzminister sagte im Radio
Ich wende mich gegen jede dieser zynischen Erwägungen
dass man den Tod von Menschen in Kauf
nehmen muss, damit die Wirtschaft läuft

da dachte ich kurz, dass nun auch
der Finanzminister das Wesen des Kapitalismus
für nicht gut erklärt hat, in der U-Bahn saßen
am Abend drei Jugendliche auf einer Parkbank
die sie unterwegs mitgenommen hatten
als wäre alles, wirklich alles in Ordnung

In einem Altenheim, Berlin-Mitte, sagte
die 87Jährige mit den ausfransenden Erinnerungen
am Laufgestell *An irgendetwas muss man sterben*

878 Kilometer Luftlinie entfernt
sagte der französische Präsident
Wir sind im Krieg

Dann kam die große Starre
das Toilettenpapier war ausverkauft
die Fortsetzung der Bundesliga war bedroht
der Osterspaziergang, der Sommerurlaub
der kleinste gemeinsame Nenner aus Angst
und Vernichtungsfantasien wurde täglich errechnet
rechts und links waren keine Kategorien mehr
der Morgen griff mit entzündeten Fingern
nach dem Dach des Hauses, in dem ich
betäubt von der Gegenwart, im vierten Stockwerk
nicht mehr wusste, was ich wissen konnte

Der Papst ging durch leere Straßen, begleitet
von Personenschützern, und besuchte das Pestkreuz
in der Kirche San Marcello al Corso

das Pestkreuz wurde in den Vatikan getragen
den verlassenen Petersplatz vor sich
segnete der Papst im Beisein
des Kreuzes die Menschheit

Am 1. April führte ich niemanden
hinters Licht, der Ort hielt
der Redewendung nicht mehr stand

die Stadt war leise, ein Stillleben ohne
Auferstehungssymbole, das Hintergrundrauschen
nahm ich wahr, als es nicht mehr da war

der Buchhändler in der Straße
der Trostliteratur verkaufte
sagte, die Corona-Romane, die bald
kämen, die wolle er nicht lesen

Die Grenzen geschlossen, wir waren
ein Volk, eine Gemeinschaft, Teile
unseres Körpers verließen nicht mehr die Wohnungen
der Ministerpräsident von Bayern trug
eine Maske mit der Staatsflagge von Bayern
vor der Maske stiegen die Umfragewerte
Teile von uns lehnten sich an diesen Mann
an seine Simulation von Stärke
mit dem Durchschreiten der Außenhaustür begann
der Aufenthalt im sogenannten Draußen
in der Dunkelheit ging ich spazieren und begegnete
denen, die in der Dunkelheit spazieren gingen

Die Zählung der Toten, der Infizierten
der Intensivbetten, die Virologen korrigierten sich
die Regierung korrigierte sich, die Aussetzung
von Grundrechten, als mit uns gesprochen wurde
mit den Leuten da draußen, niemand besuchte
die Alten, die Vergesslichen, niemand besuchte
die Verschlossenen, als die Krise mit Zeitökonomie
in den Geflüchtetenlagern ankam, den Wellblechstädten
den Slums, in der Krise ohne Zeitökonomie

Als eine viertel Million Deutsche
aus den Urlaubsorten der Welt
nach Hause geholt wurden
Operation »Luftbrücke«, zurück mit dem Pass
in ein Land, in dem ein Virologe
mit dem Rückzug ins Private drohte
leave no one behind
nach dem Russlandfeldzug
die größte Rückholaktion in der deutschen Geschichte
leave no one behind
als Soloselbstständige aus Rumänien
zum Spargelstechen eingeflogen wurden
als vor der europäischen Exklave Ceuta in Afrika
auf der Flucht vor dem Virus
300 Wohnmobile auf Einlass warteten

An einem Morgen im April traf ich
durch Zufall einen, den ich kaum kenne
wir redeten lange miteinander, er sagte
Meine Freundin wohnt in einer anderen Stadt
ich habe gestern meine Schwester umarmt
ich hatte schon lange niemanden mehr umarmt
ich spüre den Abdruck auf meinem Körper noch immer

auf dem geschlossenen Friedhof
blühte hinter dem Zaun die große Magnolie
zwei Wochen später war sie verblüht

Alles Gute kam wie alles Schlechte kam
plötzlich liebten alle, wirklich alle die Menschheit
uns fehlten die Flugreisen, Kreuzfahrten, Plünderungen
wir lernten die Hände richtig zu waschen
wir schnitten uns die Haare selbst
wir übten den Fuß-, den Ellenbogengruß
wir lernten deutlich sprechen
wir aßen drei Mal am Tag gemeinsam
der Gipfel des Mount Everest war geschlossen
der Wunsch der Kinder: endlich mal
wieder alleine zu Hause sein

Als ich nachts am Hauptbahnhof
meine zurückgeholten Eltern abholte
drei Wochen lang hatten sie
von einem Balkon die Lautsprecherwagen
der Guardia Civil beobachtet
und ich außer dem Mann
mit der Reinigungsmaschine
der einzige im Bahnhof war
als abends am Brandenburger Tor
zwei Männer den leeren Platz
in Langzeitbelichtung fotografierten
als die Bilder verödeter Städte
größer wurden als meine Lust daran
als ich auf dem Landwehrkanal
an einem jungen, entgrenzten Mittwoch
einen toten Schwan kopfüber treiben sah

Die Herstellung von Atemmasken
eine mit Blumen, eine mit Streifen
eine mit Heiland, der Mann atmete
in den Heiland hinein, einer filmte sich
täglich beim Tanzen, eine fotografierte sich
mit Cocktail in der Badewanne, einer mit Maske
und Sonnenbrille, eine trug Schweißhelm, die Finger
der rechten Hand zu einem Victory-Zeichen angeordnet
die Räudigkeit, die Hilflosigkeit, die Bedürftigkeit von Selfies

ich vermisste die Gesichter der Verneiner, der Zögerer
der Grabenden, der Suchenden, aufrechte Tiere
mit beweglichem Daumen, ich vermisste
die Gesichter der Zufriedenen, der Staunenden
der Erloschenen, die Gesichter
im Feierabendverkehr, den Feierabendverkehr

Der Mann, der jeden Morgen brüllte
Reinhold Messner, Alter! Alle 8000er
bestiegen, alle 8000er! Reinhold Messner
was ist denn mit dem nicht richtig?
der Mann mit der einen Aufgabe
der Mann, der kein Publikum mehr hatte
war eines Morgens nicht mehr da

die Flaschensammler verdienten nichts
die Junkies verdienten nichts
die Dealer verdienten nichts
der U-Bahnhof Schönleinstraße
war still wie ein Blütenkelch

Der Traum von der Abschaffung des leiblichen Todes
von der Abschaffung der Ungeheuerlichkeit
ich sah mich essend im Spiegel
wie etwas in mir verschwand
nur mal angenommen, alles sei Mangel
nur mal angenommen, selbst die Luft
ich traf einen Freund, er wurde beatmet

ich wünschte, ich käme zur Ruh, zur Ruh
ich schlief Kopf an Kopf
mit der Müdigkeit, verlassen von
allen guten Gesten, und träumte Geröll

Das alte Paar, geboren neunzehnhundertsonstwas
als es drei Sender gab und immer Fröhlichkeit
das sagte, sie schliefen nicht mehr viel
das sagte, wie irre das alles sei
das sagte, sie hätten genügend erlebt
sie hätten die Erinnerungen
ich sagte, ich könne den Blick nicht
von den Zahlen wenden, in der Vergrößerung
meines körperlichen Territoriums
saß ich auf einem Stein
die Nacht stieg an Land
wo ich war, da war ich ohne Halt
sah stumm auf Nadelwald und kalt
zog es die Beine hoch, das Gras
es wuchs, ich hörte es wachsen wie Fleisch
in der ersten Lichtwelle schnitt mich
der Gesang einer Amsel

Die Psychoanalytiker wurden befragt
die Pädagogen, die Soziologen wurden befragt
die Schriftsteller, die sich womit eigentlich
auskennen, wurden nicht befragt
die Fotografen fotografierten weiter
die Kulturwissenschaftler, die sich mit allem, wirklich
allem auskennen, wurden zu allem befragt

die Pfauen verließen den Königlichen Garten in Madrid
die Kaschmirziegen die Berge in Wales
die Kojoten standen an der Golden Gate Bridge
die Hunde bei Fuß, die Elefanten im Gehege
der Zoo Neumünster entwickelte einen Notschlachtplan
der letzte wäre der Eisbär gewesen
allein, auf keiner Scholle

Der freundliche Techno-Mitarbeiter
namens Pepper, klein wie ein Kind
ein Weißer mit Kulleraugen
für den der Betriebsrat nicht zuständig war
erklärte den Kunden alle drei Minuten
die Abstandsregeln im Kassenbereich

aus absoluter Stille, der Gelassenheit des Alls
von der Internationalen Raumstation, Außenposten
des Kapitalismus, die uns mehrmals täglich umkreist
400 Kilometer über dem Meeresspiegel
kamen drei Astronauten zurück
drei andere wurden hinaufgeschossen

Als jeden Tag die Sonne schien
die Wiederholung die Wiederholung
der Wiederholung war, liefen die auf Kurzarbeit
Gesetzten von A nach B, von A nach B liefen
die auf Kurzarbeit Gesetzten, A war Zuhause
B war irgendwas, dazwischen frische Luft

ich fotografierte die Blütenblätter der Tulpen
die auf den Wohnzimmertisch gefallen waren
ich fotografierte aus dem Küchenfenster
aus dem Badezimmerfenster, dem Schlafzimmerfenster
ich fotografierte die Bäume in verschwindender
in wiederkehrender Helligkeit
ich hielt die Zeit an

Als die Angst aus Linken Autoritäre machte
als Antideutsche Deutschland vertrauten
als jeder wusste, was Sache ist
als jeder wusste, was kommen würde
als jeder ahnte, wie es passieren würde
als Sätze begannen *Es gibt eine Studie*

ich traf einen Freund auf einem leeren S-Bahnhof
seit Wochen hatten wir uns nicht gesehen
zum Abschied sagte er *Wir könnten uns kurz*
umarmen und dabei die Luft anhalten
abseits donnerte gelb die Phalanx
der Forsythien, ein verborgenes Geräusch
wir hielten die Luft an

in der Bahn formte eine Frau ohne Wohnungshintergrund
mit nach außen gestülptem Innern
eine, die sich selbst schluckt
die Hände ohne Schalenhintergrund zu einer Schale
Solidarität war, als Subjekte
auf ihre Kochtöpfe schlugen

Die Kinder sprachen Rezepte auf Französisch ein
sie lernten Selbstmanagement, Optimierung
schickten die Dateien an ihre Lehrer
machten Sportunterricht vor dem Fernseher
Videokonferenzen, To-do-Listen, die Aggressionen
waren nicht in den Stadien, auf der Straße
die Spielautomaten waren erloschen
die Kneipengardinen staubten ein
als Mutti und Vati die Fäuste
ins Bier tunkten und nach sechs Monaten wieder
rauszogen, als es nur noch Familie gab
das sogenannte Draußen geschlossen hatte
das sogenannte Draußen, von dem wir annahmen
es sei das Gegenteil von dem sogenannten Drinnen
die Regierung bedankte sich
bei den Menschen für das Mitmachen
als die erste Sozialwelle kam
als die zweite Sozialwelle kam
Reinhold Messner, was ist denn mit dem

Es war der längste Frühling meines Lebens
ich schritt durch meine Innenbereiche
einer, der sich verwundert umsah
das Grundwasser schaukelte, es schaukelte nicht
in der Ferne brannte ein Feld, ich sah es
brennen, es brannte nicht, die Stille
war vollkommen, sie war es nicht

Paketboten mit halben Gesichtern
brachten Pakete, schwankende Gestalten
gefährliche Körper, ich sortierte Bücher aus
an die ich mich nicht erinnern konnte
die Datenströme rauschten

Wie es am nächsten Tag weiterging
wusste ich am nächsten Tag
ich frühstückte, wo ich mittags, wo ich
zu Abend aß, in großen Kreisen
lief ich draußen um mein Bett

wir sahen uns Urlaubsfotos an
als das Reisen noch geholfen hat
es blieb, wer Sorgen hatte, mit Sorgen zu Haus
ich sah Fotos von der Welt, die Welt hat mich
gesehen, ich übte das Im-Kreise-Gehen
wässerte Straßenbäume, sah meinen Privilegien
dabei zu, wie sie größer wurden, wer ein Instrument
auf einem Balkon spielen konnte, wurde gefilmt
und ging, ohne zu gehen, wie schön war
das denn, um die Welt, ich rückte
einen Schrank woanders hin

Was machten die nicht mehr betrachteten Eisberge
was machten die nicht mehr gefilmten Eisberge
was machten die unter Druck Stehenden
die Zwanghaften, die sich endlich von allen
verstanden fühlten, die Depressiven
die Labilen, von denen nichts mehr verlangt
wurde, weil das Verlangen pausierte

in dem diffusen Licht einer heraufziehenden Nacht
sahen wir in den Monokulturen Brandenburgs
die Birken und ihre auf die kahlen Äcker
geworfenen Schatten, gebrochen von den Furchen
machten Fotos davon und bekamen 27 Likes
das musste eine Demokratie aushalten können

Ich wollte in der Sprachlosigkeit zu der Sprache
hinabsteigen und in ihr hinauf an die blasse
dünne Grenze des Sagbaren, ich lief
ich ging, ich wanderte durch meine Unruhe
ich schritt, um etwas zu erleben
in ungewohnter Richtung um den Häuserblock

das nicht Greifbare, das den Erwachsenen
nicht Herr im eigenen Haus und ausgestattet
mit einer Psyche, dieser üppigen Erscheinung
die im Stübchen hockte und weitermachte
in die Lage brachte, Toilettenpapier zu lagern

Die Fantasie an einem Morgen im April
der erste von uns aus dem großen
wertvollen, dem unbezahlbaren Wir
betrat mit einer Atemmaske, deren Werbefläche
an easyJet vermietet war, am Tag
der Wiederöffnung den Zoologischen Garten
am Affenhaus hing ein Zettel
Bleibt zu Hause! Wir sind friedlich, was seid ihr?

in der Nacht tanzten drei Mädchen
auf einem von Flutscheinwerfern beleuchteten Platz
darüber die Dunkelheit und ihre Geschlossenheit
ich sah Kneipen, in denen die Pflanzen
die alles, wirklich alles überstehen, weiterwuchsen
ihre Blätter lehnten sich gegen die Scheiben
lehnten sich an das Draußen
die Nachtigallen sah ich nicht, ich hörte sie
das Hören war so klar, ich sah
ihren abgefeuerten Gesang

Nach dem Lockdown war die Gattung zurück
auferstanden aus dem Angstbad, keinen Deut
besser, warum auch, ich war um Gleichgültigkeit
um Verdrängung bemüht, in der verstörten Häusersenkung
spürte ich das Rollen der Zeit, die Hände in den
mich haltenden, den wirklich mich haltenden Manteltaschen
an einem Morgen im Mai sahen wir über dem Nachbarhaus
die Rückkehr der Mauersegler, ich sprach zu ihnen
den Pflegern des Himmels, es möge bitte anders werden, bitte

Als die Reproduktionszahlen zwei Stellen
hinter dem Komma hatten, als der Virologe
sich Sorgen machte, aus jeder Sorge eine Eilmeldung
wurde, als es eine Unerträglichkeit war
von einer Gegebenheit, die bleiben könnte
zu sprechen, als die Kranken, als die Toten
für die Lebenden eine Zumutung waren
als ich dachte, ich hatte nicht vorgehabt
jemals das Wort Reproduktionszahl
in einem Gedicht zu verwenden

In den Kollateralschäden-Ländern
nähten kleinste wirtschaftliche Einheiten
in der Mitte der Lieferketten, als plötzlich
Lieferketten wahrgenommen wurden
Reißverschlüsse in Hosen

der Medienwissenschaftler, ein Mann
auf der Höhe seiner Gedanken
bemerkte in einer Fernsehsendung
der passende Begriff für unsere
und auch seine Situation sei das Dilemma

Die Dreifaltigkeit der Toten, der Infizierten, der Genesenen
Gottesdienste online, der Priester, zwei Schöffen
eine Kamera und die Botschaft für die Menschheit
der Erlöser über Rio de Janeiro trug
eine weiße, gegen Mund und Nase projizierte Fläche

der Regen drosch auf die Stadt, ich war
den Lilien zugewandt und sie dem Fenster
auf den Wohnzimmertisch fiel der Blütenstaub
in einer Kirche in Berlin-Mitte, das war Kunst
lag die Abformung eines in Südafrika verendeten Buckelwals

Was ich am 15. Mai fotografierte
die Traurigkeit, immer wieder die Traurigkeit
den offenen Kastanienhimmel, eine goldene Folie
von der Sonne getroffen, die den Einfall zurückschoss
einen wartenden Hund, eine wartende Frau, die Blätter
der Zimmerpflanzen in ablaufender Helligkeit
die Tochter, den Kopf zwischen den Händen
als würde sich in dieser, die Welt ausschließenden
Haltung etwas ändern, das war alles, wovon ich mir
am 15. Mai ein Bild machte, meine Unmöglichkeit
diese über den Körper gestülpte Traurigkeit
zu fotografieren, die Bild-, die Objektlosigkeit
von dem, was mir abhandenkam, der Atem
ging ruhig, ruhig ging der Atem, alles nur Besitz

Immer war ein Tag, am Morgen der Morgen
am Mittag der Mittag, abends war der Abend
und nachts war es dunkel, und da
wo ich war, da war ich unter
der immerblauen, nach mir greifenden Weite

wo Bäume standen, standen Bäume
am Rand der Bewohnung drückte der Wind
die Kirsche zu Boden, am Ende der Straße
die Statue des nackten, knienden Mannes
die Hand an der linken Brust, seit hundert Jahren
kniet er, einer, der warten kann

Ich sah heute, am 31. Mai um 18 Uhr 15
am Mellensee, Landkreis Teltow-Fläming
den ersten Kondensstreifen seit sechs Wochen
ich tunkte den Fuß in den See, die Sonne
ging vor mir unter und hinter mir auf
die markierten Wege im Hotel, das Frühstück
in Gruppen, die Schwalben kamen zurück
aus den Gebieten, in die Corona noch kommen wird
auf einem Foto sah ich die Milchstraße
über den Kanarischen Inseln, ein Bluterguss

In der kleinsten gemeinsamen Wirklichkeit
tönte hell-geschliffener Amselschlag
aus den Sträuchern, die Schatten gingen
wie leise Tiere über die Ränder der Felder

dann spannte der Abend das große Segel auf
Fledermäuse schnellten nervös über die Lichtung
die Bäume standen soldatisch, das Firmament
deckte uns zu, dann sprühten Sterne auf

An einem Morgen im Juni
passierten wir am Brenner die Grenze
wir fuhren in das weiche Licht, sahen hinab
auf das Wasser, auf den von Gletschern
geschliffenen Graben, in dem der See
er war die ganze Welt, in strenger Schönheit lag

der Mann vor dem Eingang des Strandes
der jedem zwischen die Augen zielte
sagte *My temperature gun*

nachts kamen Blitze, als stünden
Risse im Blick, mit hellen Fäden
nähte sich der Himmel an die Erde

Als ich mich von ferne sah, hielt ich
meine Schritte kurz und nahm
den Sommer, wie er war, ein warmer Raum
in dem ich Fuß um Fuß die Schritte maß
ich sah aus kleiner Pupille, begehrte nichts
ich nahm nur auf, was vor mir lag, der Horizont
ein Strich, der in den Mittag führte, ich war ganz
Gegenwart, ich sah die Kapern an den Mauern
in der Frühe den Dunst, nichts als Haut
von diesen Tagen wollte ich etwas behalten
vielleicht den Duft, der emporkam, als ich
frisches Gewürz zwischen den Fingern zerrieb
die Geräusche der Wärme, das Schreien
der Zikaden gegen den Äther, das erst verstummte
als der Abend sich behutsam über den See beugte
wie eine tröstende, um Ernsthaftigkeit bemühte Gestalt

Das Virus, besser als ein Mensch, es macht
keine Unterschiede, Zynismus ist ein Hundeparkplatz
36 Millionen starben an AIDS, das ist nicht
vergleichbar, Millionen an Malaria, auch das nicht
die Gewinn-Verlust-Rechnung, die Werteskala
der Toten, was der Staat, wenn er will, alles kann
die Kreuzfahrtschiffe lagen still, Venedig von oben
war Venedig von oben, eine verlassene Bühne
der Canal Grande ein Fragezeichen
durch Innsbruck, er fand keinen anderen Weg
floss der Inn, die Wolken hingen schwer
zu Hause war es Juli, der Klatschmohn war verblüht

Ich sprach in einer öffentlichen Bibliothek
hinter einer Plexiglasscheibe vor zehn Stühlen
in ein desinfiziertes Mikrofon, die Bibliothekarin
sagte *Hauptsache irgendwas*, wie es weitergeht
fragte sich, wer fragte, keiner weiß es, sagte
wer es sagte, wer in Sorge war, war in Sorge, Ende
der Logik, im Live-Ticker die Dauererregung
Skatrunden hinter zugeklebten Fenstern, Hochzeitsfeiern
hinter zugeklebten Fenstern, die Partys im Park
und der Park in den Partys, in der Dunkelheit suchten
die, die aufbrechen wollten, nach der Starttaste
und feuerten sich ab, draußen stand kühl und süß
da hatten wir *in froher Rund´* gesessen, der Duft der Linden

Das Wort Risikogebiete in der Sprache, die ich spreche
zusammengefügt aus zwei Substantiven
als könnte diese Sprache alles zusammentackern
was der Wirklichkeit bis dahin fremd
was die Sprache, wenn sie will, alles kann
was der Staat, wenn er will, alles kann

als Deutscher mit Aneignungswillen
kaufte ich an einem Fenster Pizza
als Deutscher mit Mauer-Hintergrund
fuhr ich auf dem Mauerweg um die halbe Stadt
als Deutscher mit Nationalsozialismus-Hintergrund
sah ich vor dem Reichstag Reichskriegsflaggen

Das Poster mit den 193 Staaten zum Ausrubbeln
musste eine Demokratie aushalten können
auch die Libanon-Zeder, die nicht im Libanon wuchs
auch den Permafrostboden, die Schmelzwassertunnel
den Auswurf der Sterne, den Gesang der Vulkane
die fehlende Verwertungslogik von Gedichten
nature writing und die Rettung in die Autofiktion
musste eine Demokratie aushalten können
die Menge narzisstisch Überdrehter
die innerlich schlecht beleuchtet wussten
was die meisten nicht wussten, den abgestorbenen Baum
der aussah wie eine Stimmgabel, die Unklarheit
die Kränkung, dass mehr Zeit hinter als vor mir lag

Was am 8. September wichtig war
drei Kindergeburtstage waren ausgefallen
mir fiel eine Tasse aus der Hand
sie zerschellte auf den Fliesen der Küche
als die Flut auf die Ostfriesischen Inseln traf
Moria, Europas überfülltes Abfanglager, wurde abgeschlossen
die Kreatur als Müll, das war keine Kunst
mit der Garantie, es werde brennen, brannte es ab

An einem Morgen saß ich in der Konstante
der Jahreszeiten, der Konstante der Monate
das Wetter war vorhanden, ich atmete ein
und wieder aus, die Wolken wie geronnene Milch
ich sah die Risse in der Kuppel, hinter dieser Tür
begann der Weltraum, ich atmete ein und wieder aus
Lieferfahrräder lieferten bestelltes Lieferessen aus
in den Zeiten von Corona, jetzt auch im Plural, rief einer
Schämt euch, wir hatten keine Scham, nach sechs Monaten
Uckermark klemmte die Wohnungstür

Deutschland entdeckte Deutschland, eine Kulturtechnik
365 Sehenswürdigkeiten vor unserer Haustür, in der Reglosigkeit
der Tage bemerkten wir die Blumen, die Bäume, Camping
und Genügsamkeit im Jahrhundert der Zäune, wir waren alle
in der Nähe, dieser Staat, wie ihn die Kinder kennen
wurde heute 30 Jahre alt, im Fernsehen antwortete
das erste gesamtdeutsche Baby, was für eine Aufgabe
auf gesamtdeutsche Fragen, wir waren alle in der Nähe

Der Frühling war von allein gekommen
der Sommer war von allein gekommen
der Herbst war von allein gekommen
Elke Erb bekam den Büchner-Preis und niemand sah zu

wieder waren die Stühle der Cafés
in den Cafés gestapelt, in den Bars ruhten
Holz gegen Holz, die Barhocker, wir flogen
durch das All, wir waren unsterblich, wir konnten
wenn wir es alle wollten, die Bedrohung auslöschen
eine Größenfantasie an desinfizierten Einkaufswagen

die Schwalben flogen zurück in die Gebiete
in die Corona gekommen war, die Hände
in den Taschen, in den Taschen Kastanien
aufgesammelt von der Krümmung der Erde
die Kühle in den Früchten, im Mundraum schlief
das Lied und fand die Öffnung nicht

Ich hielt das Gleichgewicht zwischen dem
was war, und dem, was eintreten könnte
das flache Blau in der Frühe, ich griff
in die Luft, ein tobender Garten, zur Erde
im Lot, die Arme gegen den Garten gereckt
und brüllte mir den Körper leer, ich war
dramatisch, ich brüllte nicht, die Arme
am Körper im Maßstab von eins zu eins
Zukunft ein Auslaufmodell, nichts als Folklore
wir redeten, hatten geredet, werden geredet
haben, es war nichts weiter, nur Geräusche

Mit dreizehn Kubik in der Sekunde floss die Nidda
an einem Morgen im November in den Main
der Neckar in den Rhein, alles Gute kam
von oben, die Ideen waren mir zugeflogen
die blonden Felder standen in den Fenstern der Bahn
die Bäume neben den Wegen, ihre verdrehten
gegen das Offene gereckten Arme, ein Fasan flog auf
in Mannheim patrouillierten Soldaten in Gruppen
und überwachten die nächtliche Ausgangssperre
mit einer amtlichen Nachricht schlief ich
in einem Hotel, ich war der einzige Gast
der Portier sagte *Bleiben Sie negativ*

Die Lockerung der Regeln und das heilige Fest
die Nächstenliebe, als Wort, als Idee
die Frage, ob geböllert werden darf
die normalen Menschen, auf die es nun ankam
heute schien die Sonne, gestern schien die Sonne
Müdigkeit und Erschöpfung, das verstand der Bürgermeister

die Häuser erleuchtet, eine Nation
vor den Screens, niemand brach mehr ein
ich legte den Kalender beiseite und vergaß ihn
dann saßen wir schon wieder hier, auf dem Sofa nachts
um vier und fügten zusammen, was zusammengehörte
Ungleichheit und Gemüseanbau, Autoritarismus und
Notbetreuung, Einsamkeit und Digitalisierung
Einkaufsgänge, Spaziergänge und Unruhe
einmal lief ich nach Mitte und wieder zurück
einmal lief ich nach Friedrichshain und wieder zurück
einmal lief ich nach Schöneberg und wieder zurück
Wo gehen wir denn hin?, wo ich umkehren musste
schloss sich der Raum, *Immer nach Hause*

Die Regierung bat darum, weiter achtsam zu bleiben
Kleinmachnow, vier Grad Celsius, ich stieg aus der Bahn
in der Ferne der Fernsehturm, seine glitzernde Kugel
die Stadt ohne Touristen, was sollte das sein
der Bahnsteig war leer wie der Himmel
ich tötete keinen der lieben Menschen
die 100-Milliarden-Euro-Frage, wann das alles
aufhört und wie es weitergeht, die Sterne
über Kreuzberg gingen an und wieder aus
die Lustlosigkeit musste die Lust aushalten können
die Schließung der Kultur musste die Kultur
aushalten können, die totale Sonnenfinsternis
vor der chilenischen Küste musste die Sonne
aushalten können, die Zahlungsunfähigkeit von Sambia
was ist Sambia, musste Sambia aushalten können

Das Rufen der Wildgänse und ihre Formation
über dem Urbanhafen, die Sorgen, die Unsicherheit
der Gedanke, ich schob ihn weg, er kam, was sonst
zurück, dass nun diese verrückte Gegenwart
für die Eltern das letzte große Erlebnis
werden könnte, *geh aus, mein Herz*
wohin denn nur und suche Trost

ich war aufgeworfen, nach allen Seiten offen
die Fläche meiner Traurigkeit war absolut
ein Ort, an dem ich das altrosa Schlagen
meines Herzens faustgroß hörte

Auf einer von Frost belegten Wiese
sah ich auf eine Plattenbausiedlung
davor ritten zwei Mädchen auf Pferden
durch diesen von Grautönen verzogenen Tag

die erste Deutsche, 101 Jahre alt, bekam
in einem Seniorenzentrum, Halberstadt, Sachsen-Anhalt
der flächenbombardierten Stadt am Goldbach
eine Impfung, in den Wäldern Brasiliens hielten
die Kolibris, Hysteriker mit rasenden Herzen, summend
vor den Kelchen still, *they do not give a fuck for luck*

das Jahr endete, an jeder Kreuzung stand die Polizei
die Kinder, *searching for luck*, warfen Knallerbsen

Die Weite fegte das Licht zusammen
und schoss es schräg, die Wünsche zerfielen
wir sahen ins Aquarium, das mehr Strom
verbraucht als anderswo ein Dorf
7,8 Milliarden atmeten, vier von fünf betraten
nie ein Flugzeug, der Wert der Kreatur, die eine
von uns war, ich war schon im Vorteil, bevor ich
zur Welt kam, ich sah Wisente, gefilmt
aus Drohnenperspektive, der Mond stieg auf

In dem gelben Zirkuszelt
hinter dem ein Pony verstaubte
explodierte am Neujahrsmorgen
vor Langeweile der Clown

früher, als alles früher war und normal
raste ein Pickelgesicht auf einem Motorrad
in einer Stahlkugel herum, wer wollte
konnte in der Pause dem Nilpferd ins Maul fassen

Ich hörte ihren Atem, die an der Oberfläche
schleifenden Wolken, und meine Hand
auf ihrer Hüfte, über die Knöchel ihrer Finger
ich hörte sie atmen, strich langsam die Frühe

am Morgen lag der Morgen ausgebreitet
die Erinnerungen wuchsen an, eine glänzende Ebene
aus Kindheitsfotos, da war die Teppichklopfstange
der Himmel eine Wunderglocke, da waren die Obstbäume
von denen wir auf das Grundstück der Nonnen sahen
die Laternen, die wir mit Erbsen ausschossen, die Parkbank
auf der wir das brennende Klassenbuch beobachteten
unser schlechtes Gewissen wurde größer und größer
da war die Wasserpumpe, neben ihr gerieten zwei
in Streit, ihre Väter kamen, einer schlug dem anderen
das Gesicht blutig, wir blieben fassungslos im Kreis
mittags war ich ein dunkles schlafendes Tier

Der hohe Ton des Augenblicks, hinter mir die Stadt
15 Uhr 47 Ortszeit, in dem ich geblendet
über die Felder wanderte, alles, wo es hingehörte
die Felder, die Ordnung der Furchen
die auf die Wand aus Wald zuliefen
gestern Abend sagte einer *So stelle ich mir*
Deutschland im 17., 18. Jahrhundert vor
alles finster und drinnen brennt eine Kerze
der Trost der beiden in ihrer Sanftheit
verharrten Pferde am Eingang der Stadt

der Karneval in Rio fiel aus, Herzogin Kate
lobte das Pflegepersonal, Hollands Tulpenblüte, sichtbar
aus dem All, 140 Millionen Blumen wurden geschreddert
Deutschland kaufte größere Kühlschränke, drei Empörte
beleidigt seit 45, betrachteten den Regen
der auf den Boden fiel, auf den der Regen
von gestern gefallen war

An einem Morgen im Februar
mit der Geschwindigkeit von 400 Anschlägen pro Minute
schrieb ein Kind in den Klassen-Chat
Das Leben ist langweilig

Mein Auge sah den Himmel offen, den Himmel
wie ich keinen sah, die Tage bleiern
die immer gleich gestellte Uhr

ich puzzelte die Alpen, den Strand
von Borkum, die Tochter sagte *Du bekommst*
graue Haare, du wirst alt, nach dem Abpfiff
verneigten sich die Spieler
vor der leeren Ostkurve

der Raum war tief, der Himmel, wie ich
keinen sah, die Tage bleiern
auf dem Landwehrkanal blühten
dunkel die Schwäne

in der Prignitz, in die wir fuhren
um irgendwohin zu fahren, sahen wir
neben einem Drive-in Kraniche
war das gestern, vor zwei Jahren

Nach der Nachricht, dass am Wochenende
Dauerfrost, Wind und heftiger Schneefall
auf uns zukommen werde und wie es danach
weitergehe, noch ungewiss sei
nach 50 Semestern angewandter Lyrik
und diesem Jahr fiel mir nichts Besseres ein
als in einem Stummfilm durch den Neuschnee
zu laufen, der auf den Schnee von gestern gefallen war
als ich ihn aussprach, war der Schnee lautlos
ein im Mundraum steckengebliebener Vokal
auf der Suche nach Leben landete
ein Rover der NASA auf dem Mars
in einem ausgetrockneten See

Ich wollte schlafen in einem stillen Blütenkelch
es war der Schrebergarten, ich heizte
mit Holz, ich sah die Spuren
des Fuchses im Schnee, dann sah ich
seinen abgemagerten Körper, er drehte
seinen Kopf mir zu, dann kam die Nacht
die Kugel drehte sich, die Sterne zogen auf
es schneite ohne Unterlass, als schliefe
der kalte Himmel mit offenem Mund
dann war es Tag und alles ging weiter

ich, der nun Kleinere, ging mit dem Sohn
der im Lauf der Pandemie gewachsen war
in der Dämmerung, aus der Rückstrahlung des Eises
geschnitten, über den zugefrorenen Kanal
nach Treptow und wieder zurück

Wir bleiben zu Hause, wer es konnte, wer es sich
leisten konnte, wer eins hatte, wer ein gutes hatte
welches Wir blieb zu Hause, wer sprach
die Kinder in den Einfamilienbuchten
die keine anderen Kinder trafen
jeder Kopf eine Lunte, jeder Körper ein Knallfrosch
die Analytikerin sagte *Kundschaft*

Gegenüber auf dem Schulhof schwankte
die große Platane, an einem Morgen
bewegte ein Mann vor dem Hof eine Holzlatte
als lenkte er den Baum, je länger ich zusah
desto müder wurde das Bild

ansonsten alles wie immer, ein Mann schwamm
sechs Stunden von Nord- nach Südkorea, eine Frau
ruderte, weil sie es konnte, über den Atlantik
Kreuzberg wurde von einer Briefkastenfirma in Luxemburg
an eine Briefkastenfirma in Luxemburg verkauft
der Zoll in Hamburg fand sechzehn Tonnen Kokain
die Bundesregierung stellte fest, dass der Wald stirbt
aus der Feuerschale der Funkenflug, Nachricht
an die Sterne: Wir wissen es auch nicht

An einem Morgen im März standen
die Felder zwischen Winter und Grün
der Frühling ein raues Band, die Lerchen
flogen auf, der Einzelhandel öffnete, der Mensch
war zurück, aus den Tiefen der Knollen
ein verborgenes Geräusch, schlugen die Krokusse
in der austreibenden Hecke saß ein König und dirigierte

Als der Tanker mit dem Schriftzug »Evergreen«
den Suezkanal blockierte und der Ölpreis stieg
der seit einem halben Jahr im Fernsehen
lebende Politiker vom letzten Gefecht sprach
und nicht die Machtverhältnisse meinte
als sich am 28. März der kleine Zeiger der Küchenuhr
von zwei auf drei drehte, Venezuela Öl gegen
Impfstoff bot, der Abitur-Slogan festlag
Die Schule war öfter dicht als wir

Der Funke, Glutnester und Glutherde
die erste Welle, die zweite Welle, die dritte
als nach der Feuer- die Wassermetaphorik gekommen
und geblieben war, lief ich durch das sparsame
von der Schroffheit des Tages aufgeraute Licht
mit einem Sänger ohne Publikum
über flachgehaltene, eingeregnete Wiesen
Niemand will, sagte der Sänger, *wenn diese Zeit*
vorbei ist, davon lesen, nach dem Unwetter zogen
Beutelwolken, von der Abendsonne erleuchtet
über die Stadt, Minuten später lag
die Wolkendecke auf Instagram

Weltweit waren es 2,8 Millionen Tote
der Mond blieb oben, die Bäume krönten
sich selbst, wer Geld hatte, verschwand
aus den Städten, an den Küsten
der Last-minute-Länder, in denen keine Impftermine
vergeben wurden, standen die Hotels, von der Arbeit
entfremdet, zwecklose geometrische Figuren
ich träumte nachts, wie ich mir das Kopfhaar abrasierte
zwei Tage später rasierte ich das Kopfhaar kürzer
die Tage gingen morgens an und abends wieder aus
und alle, die liefen, liefen zur Oberfläche
der Erde im Lot, alle Berge bestiegen, alle Wüsten
durchlaufen, die Regenwaldgebiete, die Krone
der Erschöpfung, die Parkdecks, von der Einsamkeit
betäubt, alles bewältigt, alles Erschöpfung, alles
nur Besitz, unter der blauen Weite des Firmaments
die Todgeweihten grüßten uns, tickten
die Gletscher, aus der Feuerschale
der Funkenflug, Nachricht an die Sterne:
Wir sind nicht friedlich, was seid ihr

Zwei Jahre nach dem ersten Lockdown macht sich Björn Kuhligk daran, das Unfassbare in Sprache zu bringen, und präsentiert den genervten Pandemieprofis in uns ein Langgedicht über die Erfahrung, die alle mehr verändert hat, als wir ahnen. *Die Leere / vor mir und mich selbst im Rückspiegel / mit der Leere hinter mir*, so beginnt die Reise durch den Zyklus jenes Jahrs, in dem sich die Chance der Ruhe in Starre verwandelte, in dem die Grenzen nur noch für die Spargelstecher aus Rumänien geöffnet wurden und Selfies irgendwann *Räudigkeit, Hilflosigkeit und Bedürftigkeit* ausstrahlten. Mit sozialkritischem Blick und dem Gespür eines Fotografen bannt Kuhligk Empfindungen und Beobachtungen in Momentaufnahmen mit Langzeitwirkung.

BJÖRN KUHLIGK wurde 1975 in Berlin geboren, wo er als Buchhändler arbeitete. Nach *Es gibt hier keine Küstenstraßen* (2001), *Am Ende kommen Touristen* (2002), *Großes Kino* (2005) und *Von der Oberfläche der Erde* (2009) erschienen bei Hanser Berlin 2013 der Gedichtband *Die Stille zwischen null und eins* und 2016 *Die Sprache von Gibraltar*. Derzeit studiert er an der Ostkreuzschule für Fotografie.